AF209063

©2021 Rüdiger Nagel

Verlag und Druck:
tredition GmbH
Halenreihe 40–44
22359 Hamburg

Das Werk, einschließlich seiner Teile, ist urheberrechtlich geschützt.
Jede Verwertung ist ohne Zustimmung des Verlages und des Autors unzulässig.
dies gilt insbesondere für die elektronische oder sonstige Vervielfältigung
und öffentliche Zugänglichmachung.

Rüdiger Nagel

Aus China kam ein Virus her ...

- Humoristische Lyrik zur Corona-Krise -

Vorwort

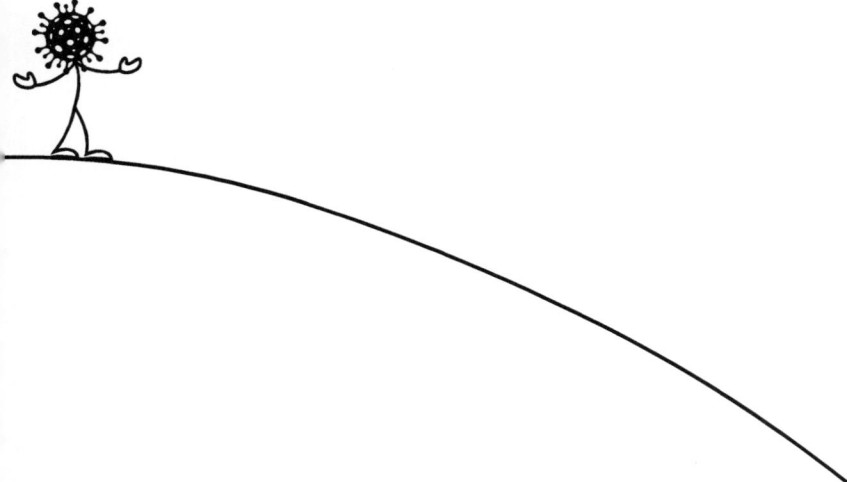

Seit nunmehr über einem Jahr leben wir mit der Coronakrise.

Kein Tag vergeht, an dem wir nicht mit dem Thema in der einen oder anderen Form konfrontiert werden. Eine Fülle neuer Begriffe ist in unserem Sprachgebrauch angekommen:

Wir sprechen plötzlich über „Systemrelevanz" und denken über „Homeoffice" nach. Eine „Vermummung", die bislang immer verboten war, wird nun für alle zur Pflicht. Alle paar Wochen erleben wir eine „Verkündigung" der aktuellen Corona-Regeln.

Dieses kleine Büchlein greift einige dieser neuen Alltagsbegriffe auf und versucht, der ganzen Situation in lyrischer Form auch etwas Humoristisches abzugewinnen.

Rüdiger Nagel

Inhalt

Corona

Aus China kam ein Virus her,

den weiten Weg über Land und Meer.

Hat alle Grenzen schnell überwunden

und so auch nach Europa gefunden.

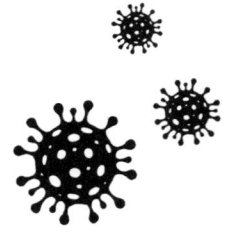

Hat tausende Menschen infiziert

und Ländergrenzen ignoriert.

Ist das Virus mit dem Flieger gereist

und hat in der Business Class gespeist?

Vielleicht wollte es aber auch nicht fliegen,

und ist in Wuhan in die Bahn gestiegen.

Hat einfach mal den Zug benutzt

und auf der Fahrt schon alle Abteile beschmutzt.

Kam es durch das Meer geschwommen

und hat am Iron Man teilgenommen?

Oder ist es zu uns mit dem Schiff gesegelt?

Vielleicht hat Xi Jinping es auch einfach rübergekegelt.

Verändert hat es von allen das Leben,

was gestern normal war, liegt heute daneben.

In`s Freibad geh`n und den Sommer genießen,

zuschau`n, wie die Blumen sprießen,

im Biergarten mal ein Bier zu trinken,

für ein Essen den Kellner herbeizuwinken.

Das alles war gestern und geht heut` nicht mehr,

man denkt schon manchmal: „Wie lang ist das her?"

Andererseits, das ist interessant,

einiges erscheint heut` auch recht entspannt.

Terminkalender sind gähnend leer,

hundert Mails am Tag, die gibt es nicht mehr.

Autoverkehr ist nur wenig da,

kein Feinstaubalarm – wie wunderbar.

„Soll`n wir heut kochen, oder geh`n wir essen?"

Derartige Fragen sind völlig vergessen.

Manches kann bleiben, wie es jetzt ist,

etwas mehr Ruhe, weniger Zwist.

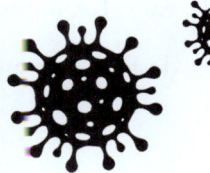

Trotzdem wäre es richtig schön,
mal wieder entspannt an der Bar zu steh`n.
Sich mit Freunden zu treffen, zu diskutier`n,
und einfach nur Normalität zu spür`n.

Hamstern

Bei Rossmann und Rewe nur leere Regale,
bei Aldi und Lidl gab's fast schon Randale.
Kein Klopapier da – das kann doch nicht sein,
da fällt mir meine Kindheit ein.

Die Wirtschaftswunderzeit war da,
der zweite Weltkrieg noch recht nah.
Bei uns im Dorf ging´s vielen gut,
der Aufbruch machte neuen Mut.

Zum Brötchen holen ging man munter,

zum Bäcker Voss ins Dorf hinunter.

Auch Lebensmittel gab es dort,

er hatte den einzigen Laden im Ort.

Die Menschen waren recht bescheiden,

Hamstern konnte man nicht leiden.

Und leere Regale, die gab es nicht.

Auf´s Einkaufen hatte man eine andere Sicht.

Es gab Konserven und Süßigkeiten,

Fleischwurst und Käse zu allen Zeiten.

Doch ein´s war nicht da – davon erzähle ich hier,

und das war verpacktes Klopapier.

Wenn das Bedürfnis näher kam,

zu Haus auf`s „Plumpsklo" ging man dann.

Eine Wasserspülung gab es nicht,

manchmal auch nicht mal elektrisches Licht.

Dafür hing meistens an der Wand,

das Klopapier an einem Band.

Doch war es nicht, wie heute die Rolle,

nein – und das war gerade das tolle:

Unsere Mutter hatte die Zeitung von gestern zerrissen,

wir haben –wie Trump- auf die Presse geschissen.

Man liest was, was negativ berührt,

der Text wird schnell nach hinten geführt,

gewischt, geknüllt und dann vernichtet.

Mal seh`n, was das nächste Stück Zeitung berichtet.

Man liest über Habeck, Lindner und Merkel,

denkt, was ist der Höcke doch für ein Ferkel.

Wischt mit dem Bild sich über den Po

und entsorgt den Faschisten bequem im Klo.

Ein Bild von Gauland hängt parat,

darunter sein „Vogelschisszitat".

Das eignet sich gut für diesen Zweck,

schnell abgewischt und das Braune dann weg.

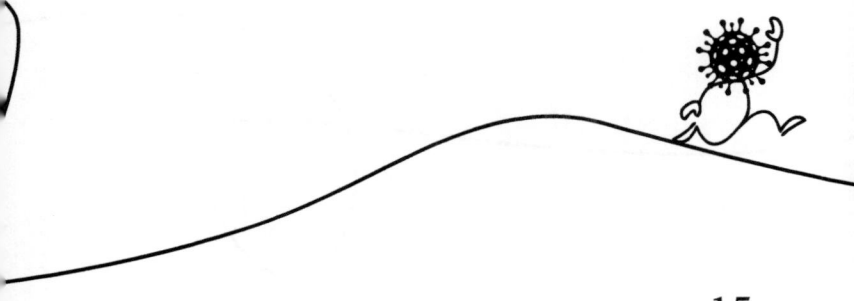

Und die Moral von der Geschicht:

Um`s Klopapier da sorgt Euch nicht.

Nutzt doch die Zeitung, wie`s früher war,

und Klopapier wird niemals rar.

Aber letzte Nacht da träumte mir,

es gäbe wieder Klopapier,

denn die Presse auf Dauer so zu beschmutzen,

wie Trump das machte – wird keinem nutzen.

Die freie Presse - ein sehr hohes Gut,
und g`rad in der Krise macht sie uns Mut.
Sie hilft Corona zu überwinden,
und uns, die Zukunft neu zu erfinden.

Lock Down

Schon lange sind alle Läden dicht.

In der Stadt zu shoppen, das geht nun nicht.

Viele Frauen sind deshalb sauer,

in Grenzen hält sich bei Männern die Trauer.

Wie war es vor der Pandemie?

So richtig Spaß gemacht hat`s nie.

Mit dem Handy vor der Umkleide gesessen,

Das Highlight war nach dem Shopping das Essen.

Und doch wünscht man sich diese Zeit zurück,

und denkt – auch das war ein Stückchen Glück.

„Lock down" heißt: „Uns wurde die Freiheit geraubt!"

Wir fragen uns nun: „Was ist noch erlaubt?"

Mal ehrlich gesagt, wir wissen es nicht,

denn überall gibt´s ´ne andere Sicht.

Darf man in Hessen morgens essen?

Oder auch mal die Zeit vergessen?

Darf man in Bayern nachts draußen schiffen?

Oder mit Freunden am Sonntag kiffen?

Darf man in Sachsen mal Nachbarn treffen?

Oder nur die eigenen Neffen?

Darf man in Bremen Auto fahr´n?

Oder nur mit der Straßenbahn?

Darf man in Hamburg spazieren geh`n?

Oder nur still vor der Haustür steh`n?

Solche Fragen schwirren im Kopf umher,

alles richtig zu machen, das fällt oft sehr schwer.

Ein Urlaub wäre jetzt richtig schön,

mal wieder von der Welt was seh`n.

Früher sind wir nach Kuba gereist,

haben fürstlich im Flieger gespeist.

Der Urlaub von heute, auch der gibt uns Kraft,

das ist der Einkauf in der Nachbarschaft.

Oder mal Sperrmüll aussortier`n,

und dann zum Wertstoffhof kutschier`n.

Dort gibt es zwar keine Halbpension,

aber eine Art Urlaub ist das schon.

Einfach mal andere Menschen seh`n,

und entspannt zwischen Bergen von Müll zu steh`n.

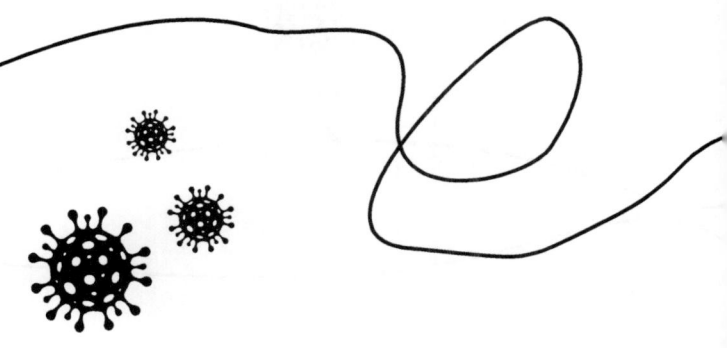

Dann kommt man total erholt nach Haus,
und räumt den nächsten Sperrmüll aus.
Wie schön ist doch die Pandemie,
diesen Urlaub vergisst man nie.

System-relevanz

Man hört und liest es an jedem Ort,

„Sytemrelevanz" ist das Zauberwort.

Ich sitze am Schreibtisch, schau an die Wand,

frage mich: „Bin ich systemrelevant?"

Gestern war ich´s ohne Frage,

war finanziell gut in der Lage,

mir einen teuren Wein einzuschenken,

und darüber dann auch die Wirtschaft zu lenken.

Denn ohne meinen Weingenuss,

wär für manche Winzer jetzt Schluss.

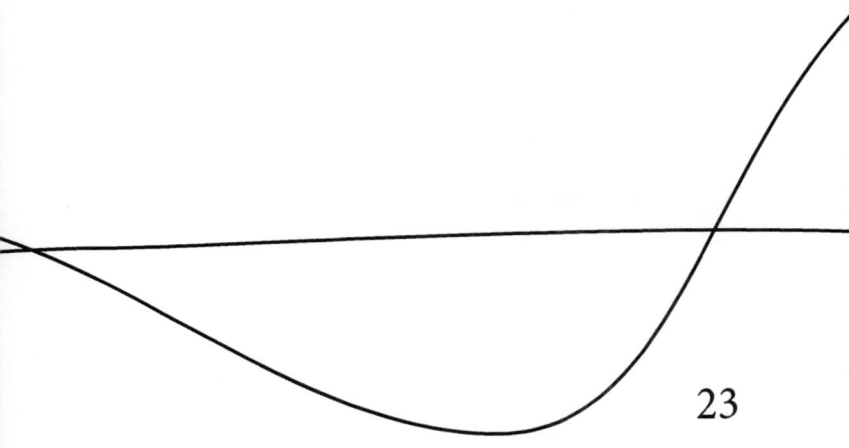

Um in der Frage ganz klar zu seh`n,
muss man den Begriff des „Systems" versteh`n.

Systeme folgen bestimmten Gesetzen,
das sind Elemente, die sich vernetzen.
Und nur, wenn alle sind dabei,
funktioniert das System auch einwandfrei.

Das System „Körper" wird nur funktionier´n,
wenn Herz und Nieren sich organisier`n.

Vergleicht man dies mit der Corona-Krise,
stellt man sich heute Fragen wie diese:

„Bin ich die Niere im System?"
Ohne mich hätten alle ein Problem.

„Bin ich das Herz, das durchgängig schlägt?"

Und das nur wenig Stress verträgt.

Oder bin ich in der Pandemie,

vielleicht die Milz – die braucht man nie.

Oder vielleicht, das klingt jetzt sehr barsch:

„Bin ich einfach nur der Arsch?"

Aber auch der ist wichtig, das sage ich hier,

gerad` in Verbindung mit Klopapier.

„Systemrelevanz" bringt die Wahrheit ans Licht,

manche sind wichtig, andere nicht.

Aber man sollte immer bedenken,
will man Systeme erfolgreich lenken:
Alle Teile gehören dazu,
fällt eines aus, wird`s dunkel im Nu.

Die Maske

Vermummung bei Demos wird nicht toleriert.
Die Politik hat`s seit Jahren schon diskutiert.

In der Öffentlichkeit sich mit Maske zu zeigen,
mit verdecktem Gesicht in den Bus zu steigen,
sich ein Tuch um den Kopf zu knoten,
das ist zum Teil in Europa verboten.

Das mag man in einigen Ländern nicht,

doch jetzt –mit Corona- wird Vermummung zur Pflicht.

Wir müssen nun Mund und Nase bedecken,

wie in der Fastnacht das Gesicht verstecken.

Am Aschermittwoch war doch alles vorbei,

aber schon geht es weiter mit der Verkleiderei.

Du trittst aus der Wohnung, setzt die Maske auf,

stehst auf dem Hof, bist trotz allem gut drauf.

Triffst deinen Nachbarn direkt vor dem Haus,

denkst: Mit Maske sieht der ja besser als vorher aus.

In der Mode wird`s nun auch aktuell,

sehr stylisch die Masken von Chanel,

Prada, Boss und Lagefeld

kreieren jetzt Masken für die Welt.

Und –grad bei Frauen- entsteht manchmal Neid,

früher war`s von der Freundin das Kleid,

heute die Maske von Vuitton und Hermes,

das ist zwar was and`res, doch macht`s auch wieder Stress.

Man kommt von der Party um 2.00 Uhr nach Haus,

der Dialog sieht dann folgendermaßen aus:

„Hast Du ihre Maske von Gucci geseh`n?"

Er sagt: „Du, ich fand die gar nicht so schön."

„Die war bestimmt sehr teuer", bemerkt sie frustriert.

Er sagt: „Bei dem Gesicht aber gut investiert".

Geldautomaten, die braucht man nicht mehr,

ein Bankraub mit Maske ist gar nicht so schwer.

Keiner erkennt mehr Dein Gesicht,

Bußgeld für`s Rasen, das gibt es nicht.

Vieles wird mit Maske ganz schön,

Du wirst von allen die Augen nur seh`n,

wirst kaum noch spür`n, was die and`ren empfinden,

und für manche Gefühle emotional auch erblinden.

Wir hoffen, das hält nur kurze Zeit an,
und dass man in Gesichtern bald wieder lesen kann.
Allein mit den Augen zu sprechen, das reicht uns nicht,
Geschichten erzählt nur das ganze Gesicht.

Homeoffice

Wie war es doch schön zu früherer Zeit,

Du fuhrst in die Firma, der Weg war nicht weit.

Betratst das Büro, wurdest freundlich begrüßt,

hast Dir die Pause mit Kaffee versüßt.

In der Küche nett kommuniziert,

wurdest als Chef halt von allen hofiert.

Und heute?

Corona hat die Welt verwandelt.

Homeoffice wird jetzt sehr hoch gehandelt.

Du stehst morgens auf, das Bad ist besetzt,

Bist aber schon mit der Firma vernetzt.

Das erste Meeting bereits um neun,

da fängt die Kleine an zu schrein.

„Anna – Du musst jetzt Janina nehmen.

Sonst kommt`s in der Firma zu großen Problemen,

wir entscheiden gerad` über 15 Millionen,

und dieser Deal muss sich richtig lohnen.“

Anna sagt: „Ich kann grad nicht,

behalt sie, Paul hat Dreck im Gesicht“.

Du sitzt vor dem Bildschirm, das Kind auf dem

Schoß, das Staunen der Kollegen ist groß,

ein Glück – dass die dich oben nur seh`n,

mit Hemd und Krawatte, das wirkt auch sehr schön.

Weiter unten ist da es nicht so cool,

denn der Rest vom Anzug liegt noch auf dem Stuhl.

Die Hose anzieh`n war zeitlich zu knapp,

die Kinder halten Dich ständig auf Trab.

Es geht gegen Mittag, die Sonne scheint,

Das nächste Meeting - Janina weint.

Deine Frau nicht erreichbar, kauft vermutlich ein,

Dein Chef schon sauer, das darf nicht sein.

Da kommt sie rein, sagt, „Bitte Klaus,

zieh Dir was an, bring den Mülleimer raus."

So geht es nun täglich, der Stress ist recht groß,

im Homeoffice ist ständig was los.

Du freust Dich auf normale Zeiten,

wie der King wieder durchs Büro zu schreiten.

Vom Homeoffice hast Du die Nase jetzt voll,
doch was Deine Frau täglich leistet, finds`t Du nun toll.
Das kannst Du wirklich jetzt ermessen,
und wirst es hoffentlich nicht wieder vergessen.

Verkündigung

„Verkündigung" ist ein uraltes Wort,

doch lebt es bis heute weiter fort.

Vekündet wird von jedem Gericht,

ein Urteil – egal- ob gerecht oder nicht.

Christi Geburt wurd` von Engeln verkündet,

ein Fest, welches zahlreiche Menschen verbindet.

Die Propheten von heute seh`n anders aus,

sie kennen sich gut in den Medien aus.

Prophet Laschet verkündet mit fröhlichem Grinsen,

„Macht die Kneipen auf – alles geht in die Binsen".

Prophet Söder verkündet mit ernstem Gesicht,

„Leute – in Bayern da geht das nicht".

Prophet Wieler vom RKI

geht als Verkünder oft in die Knie,

korrigiert seine Zahlen je nach Zweck,

die Gewissheit von gestern ist heut' wieder weg.

Dem Verkünder Drosten platzt manchmal der Kragen,

Verkünder Kekule kann immer was sagen,

Verkünder Schmidt-Chanasit - oh Graus

malt uns eine düstere Zukunft aus.

Wem soll man glauben? Wir wissen es nicht.

Doch plötzlich wird die Welt wieder licht.

Denn 14-täglich kommt es zum Schwur,

dann erscheint das Orakel der Merkelatur.

Angie – der Engel – verkündet dann,

was man tun und lassen kann.

Wir mögen`s, wenn sie wütend sagt

„Öffnungsdiskussionsorgien sind gewagt".

Sie sagt, was gut ist und was nicht,

und führt durch den Tunnel uns wieder ans Licht.

Wie lange soll das noch weitergeh'n?
Eine Perspektive wär' richtig schön.
Mal seh'n, was das Orakel weiter verspricht.
Das ewige Leben ist's sicher nicht.

Hoffnung

In fünf Jahren denken wir an heute zurück,

und werden sagen: „Was hatten wir doch für`n Glück".

Wir haben das alles überlebt,

sind unversehrt durch die Krise geschwebt.

Die Gastronomie war damals dicht,

in keinem Schaufenster brannte mehr Licht.

Wir waren zu Hause eingesperrt,

haben nur die Mülleimer gelehrt.

Wir durften nicht raus, um Menschen zu seh`n,

mussten vor Läden Schlange steh`n.

Haben uns mit Maske im Spiegel betrachtet,

nicht mehr in Hotels übernachtet.

„Lockdown", so wurde die Zeit genannt,

hat sich uns ins Gedächtnis eingebrannt.

Doch irgendwann, was war das für´n Glück,

da kehrte die Hoffnung ins Leben zurück.

Wir durften wieder Freunde seh`n,

ohne Kontrolle ins Freie geh`n.

Wir durften einfach mit der Bahn

mal wieder zu unseren Familien fahr`n.

Konzerte besuchen, ins Theater geh`n,

beim Open Air in der Menge steh`n.

Schön, das das alles ist vorbei,
wir sind wieder da, sind wieder frei,
Wir sollten den Lockdown im Kopf behalten,
und dankbar die weitere Zukunft gestalten.

Der Autor

Prof. Dr. Rüdiger Nagel ist seit 1993 Hochschul-
lehrer an der Hochschule Mainz.

Er lehrt dort die Fächer Allgemeine Betriebswirt-
schaftslehre, Unternehmensführung und Personal-
management.

Texte: Rüdiger Nagel
Design: Julia-Marie Saborrosch